GRAINS DE SEL POUR L'ÉVEIL

5 contes à mijoter pour guérir et s'ouvrir !

Rejoignez-nous vite sur notre page Facebook
« GRAINS DE SEL POUR L'EVEIL »
pour des petits jeux concours et des actualités !!!

Pour écrire à l'auteure : soizicgraham@gmail.com

©2019, Soizic GRAHAM

Édition : BoD - Books on demand,
12/14 rond-point des Champs-Elysées, 75008 Paris
Impression : BoD - Books on Demand, Norderstedt, Allemagne

ISBN : 9782322184064

Dépôt légal : Septembre 2019

Soizic GRAHAM & Mélissa LAURENT

GRAINS DE SEL POUR L'ÉVEIL

5 contes à mijoter pour guérir et s'ouvrir !

BoD - Books on Demand

Une couturière du verbe range ses soucis dans sa boîte à ouvrages
pour broder, dans ses mots, les lettres d'or de son âme...

En souvenir de mon ami Yann GOURIO
Puisse ces quelques mots le rencontrer là où il se trouve.

SONGE
AU MANÈGE

Je suis née dans la fleur que tu as cueillie.

Blanche B., 4 ans

En bas de la place du Théâtre d'une belle ville nommée Rennes, tourne un manège.

Un manège en bois à l'ancienne avec des chevaux qui montent et descendent paisiblement.

Le vieux manège est de couleur claire, dans les dominantes bleu pâle, blanc jauni et vieil or ; un vieux carrousel paisible, pas tape-à-l'œil pour un sou.

Ce manège-là, a une fonction inestimable à cet endroit-là de la place du Théâtre de la belle ville de Rennes.

Il est un refuge lyrique, nostalgique, mélancolique ou une pause sucrée et bucolique pour les badauds ravinés de shopping et les grands fêtards dont la nuit a abusé.
Ou qui ont abusé de la nuit.

En face du carrousel se trouve le Piccadilly bar, bar ô combien connu des heures très tardives ou bien très matinales des grands fêtards usés par une autre nuit Rennaise.

C'est le bar qui console et qui retape, qui chuchote qu'il est temps d'aller au lit, qui réconcilie avec le jour et son cortège d'enchantement. Le bar qui fait la transition entre la nuit et le jour, la jonction entre la brume et le soleil, la nuit de l'âme et les rêves étoilés des enfants : un bar qui a trouvé son alter ego en la solide et paisible compagnie du vieux carrousel aux couleurs claires, bleu pâle, blanc jauni et vieil or.

...

Dans la grande salle du Conseil du vieux parlement de Bretagne, loge un petit soldat dans une peinture de l'époque Empire qui décore les murs aux hauts plafonds de la salle.

De nombreux visiteurs s'arrêtent devant la scène représentant une charge de la cavalerie napoléonienne et livrent leur ressenti aux murs silencieux.

« Ce garçon sur son cheval, qui donne l'assaut, comme il a l'air jeune » dit une dame rabelète à son mari chauve.

Un vieux monsieur dit : « son regard est vide, on a le sentiment qu'il remplit son devoir sans peur et sans arrogance... notre jeunesse n'est plus de cette trempe-là... » Le vieux monsieur hoche la tête comme pour approuver ses propres propos.

Ce vieux monsieur-là est un homme qui n'aime pas la répartie. Il s'entend bien avec les murs silencieux et les petits soldats courageux des peintures.

« C'était une belle époque tout de même... » murmure encore le vieil homme à l'oreille du tableau.
Et il s'éloigne en grommelant contre la jeunesse insouciante et sans conscience du DEVOIR...

...

Le petit soldat entend tous les commentaires de tous les visiteurs depuis longtemps, très longtemps, presque trop longtemps il lui semble. Il donne la charge sur son destrier, obéissant aux ordres, c'est sa raison d'être à la peinture.

Cependant à force d'entendre tant de commentaires différents sur la scène dans laquelle il figure, sa conscience a pris vie et s'est rendue autonome au fil des années de son époque et du tableau dans lequel il donne l'assaut.

Il sait maintenant, ou plutôt il pressent, et devine qu'autre chose est possible mais quoi ?

...

De retour sur Ambre au manège. Elle regarde tourner le manège aux chevaux dorés et bleu délavé.

Aujourd'hui est une journée particulière.

La ville est animée d'une manifestation de marins pêcheurs venus crier leur colère dans la capitale bretonne.

Des poubelles brûlent, des pavés volent dans l'air, les gaz lacrymogènes envahissent les ruelles piétonnes.

Ambre aime tout cela. Et s'amuse de tout ce charivari.
Cette animation est nouvelle et très excitante. La colère des marins pêcheurs ne l'émeut pas mais l'affrontement entre les agitateurs et les forces de l'ordre a quelque chose de très puissant. C'est vraiment beau.

La manifestation se poursuit tard dans la nuit. Ambre reprend son manège de bar en bar mais avant l'heure du Piccadilly, une nouvelle vient agrémenter la soirée : « le parlement de Bretagne est en train de brûler ! ».

...

« Vite, vite, précipitons-nous » pensent tous les perdus de la nuit de Rennes. Ambre est du voyage.

Un picotement dans sa colonne l'alerte : elle sait que quelque chose d'important est là, sans qu'elle sache mettre le doigt sur ce qui se passe réellement autour elle, et en elle.

Ambre regarde avec ses amis de la nuit le parlement en feu.

Les pompiers sont là, impuissants, les notables de la ville, alertés par le remue-ménage sont sortis en robe de chambre brodée assister au désastre, consternés et malheureux.

« Une balise de détresse des marins pêcheurs est allée se loger dans le toit, la charpente étant en bois, un foyer s'est créé et le feu s'est vite propagé ! » explique un badaud à un autre badaud.

Les notables, eux, ne parlent pas, leur mâchoire pend sur le trottoir, le visage rougeoyant à la lueur des flammes, tous également effondrés par la tragédie qui danse sous leurs yeux.

Ambre est fascinée par ce feu et par tout le symbole, de la justice et de l'histoire qui part en fumée. Il lui semble que c'est une bonne chose qu'il brûle ce Parlement.

« Brûle, brûle donc, maudit Parlement ! » psalmodie-t-elle pour elle-même. « Brûle, brûle, brûle, brûle donc ! »

Ce parlement issu de la révolution française, enfin qu'il brûle et que tout cet héritage macabre et morbide parte en fumée...

Le petit soldat du tableau Empire voit les flammes chatoyer autour de lui. Déjà son destrier prend feu et la peinture autour de lui si familière n'est plus.

« Je ne sais que donner l'assaut… » se dit-il pour lui-même. « Il m'a toujours semblé qu'il n'y avait pas d'autre existence possible » réfléchit-il rapidement.

« Alors comment se fait-il que tout disparaisse, que tout parte en fumée ? Ce n'était pas prévu, ainsi tout ne semble pas aussi prévisible que je le croyais… »

Il ne reste plus qu'une patte et la tête de son fidèle compagnon, son superbe destrier.
Soudain une voix profonde sortie du tableau tonne :
« Sors de la toile et sauve-toi ! »

Il obéit instinctivement et trouve à peine le temps de se retourner pour voir son fier destrier se faner avec un éclat royal dans le regard.

« Sauve-toi » entend-il encore mais plus faiblement.
Il s'approche et contemple l'œil amusé de son cheval puis… plus rien, l'image a disparu.

...

« Et dire que j'ai passé tant d'années de solitude dans ce tableau sur un cheval qui en savait plus long que moi ! ».
De stupeur, le petit soldat est figé.

Mais la réalité le rattrape bien vite. Une poutre craque dans la salle du Conseil et le toit menace de s'effondrer.

Ce n'est plus qu'une question de minutes.
Précieuses minutes.

...

Ambre est toujours fascinée par le feu ondulant.
Quand soudain ses jambes se mettent à bouger et elle pénètre dans le brasier, inconsciente, guidée, légère soudainement et tellement déterminée. Derrière elle, le manège ne tourne plus, les chevaux s'ébattent en liberté, elle est libre, elle se sent voler.

Et Ambre sent qu'elle s'élève sur les chevaux dorés.
Tantôt elle vole dans les airs sur des montures d'argent croisant licornes et anges, tantôt elle s'enfonce dans les océans chantant sa légèreté aux sirènes d'opale et de topaze.

Ambre croise un regard médusé.
« Oh ! Une méduse maintenant ! » passe dans sa tête déjà volatile. Pourtant ce regard n'est pas comme les autres... Ce regard ne comprend pas le fantastique voyage d'Ambre aux pays des merveilles libérée de l'apesanteur et de la pesanteur de ces souvenirs aux chevaux trop dorés, à l'or trop vieilli et au blanc trop jauni.

Ce regard est en panique.

Et Ambre part en fumée... Sous les yeux du petit soldat médusé...

La jeune cavalière improvisée comprend, par flash, que sa drôle d'ascension est une fuite mais il est trop tard et puis elle est trop bien, elle ne regrette rien de ce qu'elle a quitté.

Libérée du manège, elle se sent enfin libre.
Elle assiste détachée à une drôle de scène : Elle, partant en fumée, et un petit soldat médusé au milieu du brasier qui s'écroule, la voit et la REGARDE.

Ce regard.

« Sois libre, ne tourne pas en rond, vis et nous nous reverrons » dit alors Ambre dans une dernière volute de fumée au regard figé d'effroi du nouvel incarné du brasier.

...

Le petit soldat est sorti de la fournaise sain et sauf sans que personne ne remarque son existence. Il a erré dans les rues de Rennes et s'est retrouvé devant un manège aux chevaux dorés, bleu pâle et blanc jauni, place du Théâtre de la belle ville de Rennes.

Ce spectacle l'a apaisé et hypnotisé. Les chevaux qui tournent lui rappellent son destrier et ce qu'il a connu. Il lui rappelle l'étrange douleur qui l'a envahi ce matin en voyant la jeune fille perdue partir en fumée dans l'incendie.
Il se rappelle douloureusement ce regard, ce soulagement, cette impression de paix et de délivrance qu'il a surpris chez cette jeune fille en feu et se met à pleurer très amèrement.

Il retourne devant le parlement pour trouver des traces d'Ambre. Il ne trouve plus rien. Rien que des volutes de fumées noires qui montent au ciel... et des camions de pompiers rouges.

Il interroge un des badauds encore amassés se rassasiant du spectacle. « Que font ces gens avec des casques brillant dans les camions rouges ? » demande-t-il poliment.

« Ben, ils essayent de sauver les survivants » lui répond-t-on en haussant les épaules surpris et décontenancé.

C'est à ce moment précis que le petit soldat libre et sans scénario décide de devenir sapeur-pompier.

Il espère ainsi pouvoir ressusciter Ambre. La ramener à la vie.

...

Ambre poursuit son voyage transparent partout dans le monde, le ciel, les mers, l'atmosphère. Elle est libre, sans pesanteur, ne tourne plus en rond, ne se sent plus enfermée dans son monde de souvenirs et de peurs.

Ambre visite les océans et se sent bien dans cette fluidité bienheureuse. Parfois elle pleure en pensant à sa vie passée et au petit soldat désemparé et douloureux.

Ce regard.

Elle n'a jamais croisé de regard comme le sien auparavant.

Elle ne sait pas ce qu'il signifie.

Elle lui a sauvé la vie mais elle ne le sait pas. Elle lui a donné une nouvelle raison de vivre, une vocation, un nouveau scénario.

Ambre pleure. Et ces larmes deviennent joyaux de feu dans le vaste océan.

Les larmes de l'ingénue font la joie des pêcheurs qui récoltent cette précieuse substance pour en faire des bijoux.

Ambre a trouvé sa vocation : elle illumine la vie des autres par le don d'elle-même. Elle est sauvée.

...

Le petit soldat quant à lui, devenu sapeur-pompier, aime la pierre d'ambre, forme de lave en fusion devenue solide emprisonnant mille et un souvenirs dans sa bulle dorée à l'instant de la contraction du liquide magmatique.

Il lui rappelle étrangement la jeune fille rencontrée il y a très longtemps dans un parlement en fusion, dans sa bulle pleine d'éclat, lumineuse et pourtant emprisonnée dans tant de beauté.

Comme si elle voulait concentrer la beauté et la lumière en elle pour mieux l'offrir au monde. Mourir à elle-même pour mieux s'offrir aux autres.

Le petit soldat devenu pompier verse tant de larmes qu'il ne peut plus s'arrêter. Il éteint tant de feux et pourtant le seul feu qu'il ne pourra jamais éteindre a consumé celle qu'il a aimée dès l'instant où il l'a rencontrée.

Devant le manège il pleure.

...

Ambre entend l'appel du cœur du courageux sapeur-pompier et ses larmes se tarissent. Un feu intérieur, maîtrisé, s'attise alors en elle. Elle sort de l'océan pour protéger ce petit foyer naissant.

Elle est enfin née ! Ce petit feu brûle et la réchauffe au lieu de la dévorer. Un équilibre se crée entre l'eau et le feu, le petit sapeur-pompier par ses larmes et son cœur chaud vient de lui rendre sa vie, une vie qu'elle peinait à s'approprier, avant.

Elle parcourt la terre pour aller retrouver celui dont, du fond des océans, elle a perçu l'appel et le retrouve à la caserne des pompiers de Rennes.

Il la reconnaît immédiatement à l'éclat étrangement humide et doré de ces yeux, et découvre une timide lueur chatoyante au fond de son regard.

Elle n'est plus éteinte. Il l'a sauvée, ranimée.
Elle n'a désormais plus peur d'aller se brûler dans le grand feu pour se réchauffer car elle sait que maintenant, il la protège et que son amour ne consume pas mais illumine.

Voici l'histoire d'Ambre au manège telle qu'elle m'a été chuchotée à l'oreille lorsque j'étais petite et que je regardais tourner les chevaux du vieux manège de la place du Théâtre de la belle ville de Rennes.

De la place du Théâtre à celle du Parlement, il n'y a qu'un pas que l'imagination franchit aisément.

Carte inspiration à colorier
« SONGE AU MANÈGE »

Tes larmes sont précieuses.

Elles peuvent te libérer :
n'en aie pas peur !

Ne laisse pas un incendie de colère
et de rage te consumer.

QU'EN PENSES-TU ?

_____

_____

_____

_____

_____

_____

_____

_____

_____

_____

_____

CHEZ ROSÉE

La rosée qui féconde la terre vient du mélange du feu et de l'air.

Sainte Hildegarde de BINGEN
Mystique et religieuse bénédictine (1098-1179)

Ingrid a une craie.
C'est une grosse craie rose pour dessiner dans la rue, sur les trottoirs, sur les murs.

Mais voilà... dès qu'Ingrid la prend en main et s'apprête à dessiner avec sur un mur ou un bout de trottoir, un adulte passe, la hèle gentiment et lui dit comme on parle aux petits enfants :

- Hé, ne fais pas ça petite ! Tu ne sais donc pas qu'il ne faut pas dessiner sur les murs ! c'est interdit, ne te l'a-t-on jamais dit auparavant ?

« Oui mais alors... » se demande Ingrid en soupirant « à quoi ça me sert d'avoir une grosse craie pour dessiner dehors si je ne peux pas m'en servir ? »

« Maman m'a dit de faire une marelle avec » se dit-elle dans sa tête pour elle-même, « seulement MOI, je ne veux pas dessiner de marelle, je veux dessiner et raconter une histoire sur un mur pour que quelqu'un la voie et la lise ! »

« Par terre, les gens vont marcher dessus » pense encore Ingrid « et je ne veux pas qu'on piétine mon histoire, je veux que des personnes la voient et la lisent ! Voilà ce que je veux MOI. »

...

Un peu plus tard, c'est mercredi après-midi. Ingrid erre dans le village à la recherche d'un mur sans passants-adultes pour venir la réprimander, un mur où écrire et dessiner son histoire.

Difficile de se cacher des passants-adultes, surtout les passants-adultes-pépés-mémés qui sont les plus prompts à savoir ce que les jeunes enfants comme Ingrid doivent ou ne doivent pas faire.

FRUSTRATION.

« En TRES GROS » se lamente Ingrid pour elle-même dans sa petite tête, « j'ai le droit de faire mes devoirs dans mes cahiers à la maison, de recopier mes dictées mot à mot mais je n'ai pas le droit d'écrire et de dessiner des histoires sur un mur dehors. Pourtant, ce que je VEUX MOI VRAIMENT, c'est écrire et dessiner une histoire sur un MUR, DEHORS, pour que les passants la voient et la lisent… »

Inspiration. Expiration. Ingrid réfléchit …

« Que dirait ma maman dans ce cas là…. Je pense qu'elle me dirait qu'il faut faire ce que j'ai profondément envie de faire, mais voilà… » réfléchit Ingrid « Maman pense souvent que j'ai profondément envie de me laver les dents, les mains, les cheveux, de manger toutes sortes de choses et d'aller à l'école TOUS les matins. Je ne suis alors plus très sûre d'être autorisée à avoir envie très profondément de quelque chose, ou alors il me faut me cacher de tous et de maman aussi, enfin pas toujours mais parfois quand même… »

Inspiration. Expiration. Idée.

…

Ingrid choisit une place, un grand mur et commence à

dessiner. D'abord un château avec une grande tour entourée de murailles hautes et infranchissables et la princesse est dans la tour là-haut, HA LA LA que la tour est haute !

Elle est vraiment très haute, cette tour ! Comment la princesse va-t-elle faire pour descendre, elle n'a pas de long cheveux, pas de dragons, pas de prince charmant bravant une forêt de ronces et un sommeil centenaire...

Mais en fait... Ingrid, à côté du dessin de la princesse dans la haute tour de son château entouré de murailles, cogite en substance l'histoire suivante :

HERMINE

« Hermine est une princesse très seule et très solitaire.
Elle s'est élevée très haut dans les airs en bâtissant une tour et a construit de grandes murailles autour pour être sûre de ne pas être blessée par l'extérieur.

Mais Hermine ne se souvient pas d'avoir été blessée par l'extérieur et commence à se demander ce qu'elle fait dans cette tour. Elle s'y sent retranchée et coupée du monde, en retrait, et ça ne lui correspond plus.

Hermine pense que la paix, c'est de serrer les gens qu'elle aime contre son cœur. Voilà le véritable paradis, l'absence de trouble qu'elle recherche.

Une fois qu'Hermine intègre cela, elle n'attend

plus d'être sauvée de son enfermement mais entreprend prudemment de descendre les escaliers pour rejoindre la cour du château.

Cela demande énormément de temps et d'énergie pour quelqu'un qui a toujours vécu en hauteur comme Hermine. Du temps, de l'énergie et du courage.

Une fois dans la cour, Hermine rassemble ses forces pour baisser le pont-levis et le franchir. Peut-être, si elle se tient en retrait à l'intérieur de l'enceinte, elle pourra observer comment les choses se passent à l'extérieur de ses murs et en retirer des éléments utiles à sa compréhension du monde. »

Ingrid dessine une cour ombragée, avec beaucoup de fleurs et d'eau et puis finalement les murailles ne sont pas si hautes que cela... Elles sont de pierres blanches, de lumière et de douces végétations.

C'est la cour du château.

Et au fur et à mesure qu'Ingrid dessine cette cour carrée, avec ces murailles et cette porte-pont ouverte vers l'extérieur, Ingrid sent sa princesse se risquer au dehors.

Prudemment, très doucement, presque délicatement.

Aussi délicate, neuve et fragile qu'une perle de rosée sur un pétale de fleur, un matin de printemps.

Sur le haut du mur à dessin, Ingrid écrit :
« Histoire d'Hermine devenue Rosée ». Hermine sort de sa

solitude glacée pour naitre Rosée.

Ingrid trace un chemin à la craie rose pour que timidement Rosée avance sans s'étioler ni s'affoler.
Du mur, le chemin glisse le long du trottoir et visite la place choisie par Ingrid.

C'est une bonne place pour Rosée. Elle s'installe avec Ingrid et attend les passants, attentive et ouverte à la rencontre. Enfin, elle est sortie de son château fort.

...

Ingrid se lève, s'avance, retourne vers le mur pour décrire la suite de l'histoire :

« Hermine reste un long moment dans la cour du château à observer prudemment l'extérieur. Le château donne sur un village qui abrite un marché gigantesque.

Tous les lundis, des marchands venus de nombreux horizons se rassemblent sur la place pour proposer aux habitants, denrées et étoffes.

Rosée observe tous les lundis le marché puis, le reste de la semaine, se retire dans la cour du château pour intégrer et comprendre le sens de ce qu'elle a vu.

Elle étudie les noms de plantes, de fruits, de légumes, de métiers, les gens, leurs expressions, leur façon de se mouvoir et d'échanger en se demandant toujours pourquoi, pourquoi, POURQUOI ? Comment, comment, COMMENT ?

Elle apprend, elle apprend, et plus elle apprend, plus elle a soif de comprendre le pourquoi du comment.

Mais aucune réponse dans les livres n'apaise cette soif étrange, ce goût d'inachevé, cette impression curieuse d'illusion autour d'elle, de mensonge, de décor en carton-pâte, d'inachevé, d'imparfait.

Hermine sort maintenant régulièrement de la cour aux murailles blanches et se sent à l'aise sur la place du marché mais sans vraiment fondamentalement y trouver sa place.

A défaut de place, elle y fait son marché.
Et apprend à cuisiner. Elle devient cuisinière de métier.

Quelques temps après avoir été embauchée, elle ouvre son propre restaurant.

Elle le nomme Restaurant de la Haute Tour et régale ses clients de repas très variés selon son inspiration du jour.
Toujours en recherche de ce petit quelque chose d'absolu, elle essaie de le trouver au cœur du palais mais en vain.

« La perfection n'est pas de ce monde » pense-t-elle pour elle-même dans sa tête, étrangement solitaire malgré le monde, le bruit et l'agitation qui l'entoure.

« En somme, je suis descendue de ma tour mais je me sens toujours aussi coupée du monde, en retrait, à l'intérieur »

« C'est étrange, ça n'a donc rien à voir avec l'endroit où l'on se trouve mais plutôt avec la façon dont on se trouve, dont on habite le monde » réalise-t-elle simplement.

Elle se dit que la nourriture dont elle a besoin n'est pas terrestre mais céleste, spirituelle.
Chaque jour, au lieu de chercher à cuisiner et de rechercher cet absolu, elle inspire, expire et se laisse guider par son inspiration pour transmettre à sa cuisine tout l'amour et le savoir immédiat qu'elle a des aliments et des saveurs.

Elle met son cœur dans sa cuisine sans filtre, de façon jetée et directe.

Ainsi sa cuisine touche le cœur des gens, les nourrit et les réchauffe bien au-delà d'un simple repas.

Elle prend garde chaque matin, à recueillir une goutte de rosée sur une feuille nouvelle provenant de la cour de son château afin de garder le souvenir de cette perfection qui traverse toute chose sur cette terre de façon si subtile, souvent si invisible et pourtant si parfaite.

Elle dépose cette goutte de rosée dans sa cuisine avec amour et attention tous les jours que Dieu fait et la garde en vie.

Elle trouve enfin la simplicité dans sa vie autrefois si compliquée et rebaptise son restaurant : Chez Rosée.

Les habitués du restaurant sont étonnés par le changement de nom du restaurant, ils veulent savoir si la propriétaire a changé et ils se pressent à le demander.
« Non, c'est toujours moi ! » répond-elle en riant « mais quand

je cuisine pour vous, je deviens aussi transparente et parfaite que la rosée du matin.

C'est la raison pour laquelle j'ai nommé mon restaurant Chez Rosée. Car enfin, ce n'est plus moi qui cuisine !

Cela n'a donc plus de sens de continuer d'appeler mon restaurant de la Haute Tour en souvenir de celle que je fus jadis ou bien la Table d'Hermine.

Tout cela est passé ».

Et elle transmet, en parlant d'abord à ses habitués, l'histoire de son entrée dans la cour du château - ses découvertes, les hauteurs illusoires qu'elle a laissées derrière elle pour en trouver de bien plus merveilleuses dans son cœur, au contact de la cuisine et de l'amour.

Puis son histoire prend la forme d'un récit illustrant le menu : c'est comme une légende : l'histoire du restaurant de la haute tour, celle qui dominait la cour du château, et qui est devenu Chez Rosée.

Tout simplement.

Moi Ingrid, j'invite toutes les petites filles sages
à désobéir en écrivant, en dessinant ou
en dansant afin de libérer toutes les Hermines coincées
dans leur donjon.

Moi, Rosée, j'invite toutes les Hermines,
petites et grandes, à descendre de leur haute tour
pour découvrir la magie de cuisiner à l'amour,
en devenant profondément elles-mêmes,
en harmonie.

Carte inspiration à colorier
« CHEZ ROSÉE »

La création donne vie au créateur.
Il est temps de renaître à toi-même et
de t'offrir au monde , chaque jour,
telle une perle de rosée sur un pétale de fleur.

QU'EN PENSES-TU ?

_____

_____

_____

_____

_____

_____

_____

_____

_____

_____

_____

Le bienheureux seigneur Ronan reçut le jour dans l'île d'Irlande au pays des saxons, au-delà de la mer bleue, des chefs de famille puissants.

Un jour qu'il était en prière, il vit une clarté et un bel ange vêtu de blanc lui parlant ainsi « Ronan, Ronan, quitte ce lieu, Dieu t'ordonne pour sauver ton âme, d'aller habiter dans la terre de Cornouaille. »

Ronan obéit à l'ange et vint demeurer en Bretagne, non loin du rivage, d'abord dans une vallée du Léon puis dans la forêt sacrée du pays de Cornouaille.

La vie de Saint Ronan, Barzaz Breiz,
Par Théodore Hersat de la Villemarqué
Philologue Français (1815-1895)

Ronan est un petit mouton de décoration, avec de la **vraie laine** des moutons qui vivent fouettés par la brise marine au bord de la mer.

Ronan est un des nombreux moutons décoratifs d'une boutique de produits locaux artisanaux, située sur la place centrale de la petite ville de Locronan, dans le Finistère, en Bretagne.

Chaque nuit de la pleine et de la nouvelle lune, par la fenêtre de la boutique, il assiste à un curieux ballet :

> Des bigoudènes dansant en ronde autour du calvaire,
> Tournant, tournoyant puis repartant,
> En lente procession vers la mer...

Sans un mot, sans un bruit, la procession danse et flotte, immatérielle dans la brume nocturne puis matinale de Bretagne.

Ronan se demande à quoi tout cela peut bien rimer...

Chaque nuit de la pleine et de la nouvelle lune, les bigoudènes dansent, étranges et d'un autre temps avec leurs coiffes millénaires.

...

Un samedi après-midi, d'un pluvieux mois de février, un petit garçon de cinq ans entre dans la boutique de produits locaux artisanaux, située place centrale de la petite ville de Locronan.

Il est accompagné par sa maman qu'il tient fermement par la main.

« Maman, Maman, viens voir le joli mouton ! » dit le petit Youn à sa mère distraite.

« Comme il est doux ! » s'exclame-t-il en se saisissant avec envie de Ronan, pas mécontent de l'admiration qu'il suscite.

« C'est de la vraie laine des moutons qui vivent au bord de la mer, fouettés par la **brise marine** », glisse la vendeuse amusée à l'enfant aux yeux écarquillés par sa découverte.

« Cette laine a le bon goût de l'océan et du caramel au beurre salé » continue-t-elle à l'attention du garçonnet.

Puis elle lui glisse à l'oreille : « Si tu serres l'animal contre toi, tu peux sentir la grande bleue et la laisser te conter toutes ses histoires... ».

Elle adresse au môme intrigué un clin d'œil complice.

« Maman dis... on peut le prendre le mouton au sel de la mer beurrée au caramel? » demande Youn en agrippant la manche de sa maman toujours distraite.

« Oui, mon chéri » lâche cette dernière en caressant les cheveux de son petit tout en tripotant les savons en forme de cœur qui attirent son attention sur le moment.

C'est ainsi que, Ronan, quitta la jolie boutique de la petite ville de Locronan pour prendre place dans la vie du petit Youn.

Youn grandit et le petit mouton le suit d'études en déménagements.

Parfois dans les cartons, parfois sur une étagère, parfois sous le sapin de Noël pour voir naître, années après années, le petit Jésus.

Sa laine n'est plus **immaculée** et il lui en manque des morceaux...mais il n'a rien perdu de son mystère.

Chaque nuit de la pleine et de la nouvelle lune, depuis 20 ans, il entend le chant des bigoudènes de Locronan à l'intérieur de sa tête aux poils bouclés et doux :

Des bigoudènes dansant en ronde autour du calvaire,
Tournant, tournoyant puis repartant,
En lente procession vers la mer...

Un jour, il se résout à quitter le petit Youn qui a grandi et qui ne s'intéresse plus guère à son mystère.

Il décide de retourner à Locronan pour demander aux bigoudènes pourquoi elles le hantent depuis tant de marées.

Après deux années de voyage, il arrive enfin à destination et attend la nuit de la pleine lune.

Il se tapit alors dans la dune salée dont il a le goût et guette les bigoudènes.

Alors qu'elles apparaissent, flottantes et immatérielles, dans la lueur blafarde de l'**astre argenté**, il se fraye un chemin parmi le brouillard et, hardi, leur demande pourquoi leurs chants et ces apparitions ne l'ont pas quitté pendant toutes ces années.

C'est alors qu'elles lui répondent dans un chant, une mélodie comme un poème :

Nous sommes l'âtre de ce lieu sacré,
Les reliques d'un temps passé,
Troménie [1] dansant chemin faisant...
Nous sommes ta laine, Ton âme.
Comment pourrais-tu ne plus entendre notre chant ?
Ne plus voir, ne plus sentir notre essence ?
Sois heureux de ne pas nous oublier,
Sois heureux de ne pas être comme ces femmes
et ces hommes,
Qui savent notre chanson enfant,
Mais qui l'oublient bien souvent en grandissant...

Scandent les bigoudènes en chœur puis s'évanouissent...
Ainsi Ronan compris.

Et décida alors de faire le voyage vers l'enfant de la mer devenu grand, grand YOUN, afin de lui rappeler ce qu'il avait su un jour.

L'âme des prés salés, son ÂME, celle du petit Youn, ne doit pas être oubliée d'études en déménagements.

(1) La troménie est une procession circulaire religieuse qui a lieu en juillet à Locronan tous les ans

A tous les Youns qui oublient leurs racines
en surfant sur les vents de l'émancipation et
de la mondialisation, moi, Ronan, je proclame,
qu'il faut laisser entendre à nos oreilles le souffle
d'une ancienne chanson.

Carte inspiration à colorier
« L'ÉCHO DE LA MER »

Tes racines parlent de toi, ainsi qu'elles
racontent la vie d'autres âmes avant toi.

Ensemble, vous formez une chaîne qui existe
au-delà du temps.
Entre dans la ronde d'un si bel ouvrage !
Il importe parfois de retrouver le sens et le chemin
des lieux qui nous ont vu naître...

QU'EN PENSES-TU ?

DIA DE MUERTOS*
AU POTAGER

Voici le jour des morts, l'âme croit les entendre ;
Mais au lieu d'un jour sombre et d'un ciel attristé,
Une heure de printemps se lève sur leur cendre,
Comme un signe de paix et d'immortalité.

Vers les champs du repos, autour de la cité,
La foule des vivants commence à se répandre,
Et plus d'un a choisi le sentier écarté
Que peut-être demain il lui faudra reprendre.

Ah ! Vous n'êtes pas là, vous que j'ai tant pleurés,
Le hasard fit, hélas ! à vos mânes sacrés,
Pour la nuit de la tombe, un chevet solitaire.

Mais la loi du temps cesse où la vie a cessé,
Et les larmes du cœur vont partout sous la terre
Consoler dans la mort le pauvre trépassé.

Antoine de Latour
Ecrivain Français (1808 – 1881)

* El dia de muertos est une fête dédiée aux morts inscrite au patrimoine culturel mondial immatériel de l'humanité.
C'est une forme particulière de fête des morts, très festive, typique de la culture mexicaine.

Il était une fois une petite fille qui s'appelait Marilyne...
Marilyne a huit ans, est en vacances chez son papi Jean et sa mamie Francine, avec son petit frère, Achille.

Papi Jean est un fin jardinier.

Il fait sortir de terre toutes sortes de choses : des légumes, des salades, des fruits, des limaces, des lombrics, des escargots, des taupes et fait tomber du ciel pommes, poires, pêches, cerises et papillons !

Au bout de son jardin méthodiquement organisé, se trouve une croix en pierre, un calvaire breton, qui occupe le fond embroussaillé de la propriété bordée de clôtures en bois.

Marilyne suit son papi toute la journée, du matin où il trempe ses craquelins beurrés dans son café noir (ça fait de grands yeux huileux dans le breuvage !), jusqu'au soir où il ramène des petits fagots pour la cuisinière à bois de mamie Francine.

Mamie, quant à elle, regarde la télévision, porte une éternelle blouse de travail sur ses vêtements et fait des coquillettes au beurre salé avec des escalopes de dinde poivrées, bien dorées : un vrai délice !

Marilyne, un matin comme les autres, joue dans le potager de Pierre avec son petit frère Achille, de deux années son cadet.

Occupé à ramasser des cailloux pour construire une forteresse pour le petit monde enchanté [1], elle aperçoit soudain un crâne dans la terre du potager, entre deux rangs de plants de tomates vertes.

Il est de forme allongé, et pourrait bien ressembler à une tête de grosse souris ou de mulots qu'elle entrevoit parfois manger des noisettes.

De ce crâne, à demi enseveli sous le terreau brun, sortent quelques lombrics qui ont apparemment élus domicile à l'intérieur. Pousse, dans son voisinage proche, quelques fleurs des chants qui donnent à l'ensemble un aspect assez insolite.

C'est repoussant et insoutenable ! hoquette violemment Marilyne choquée. Quelle vision d'horreur pour elle !
Ce vestige osseux avec ces vers de terre qui ondulent tranquillement et ces fleurs qui dansent autour !!

Achille, à ses côtés, pose également ses yeux sur l'os au sol. Son imagination jaillit alors, en tous sens !
Il est un guerrier, un soldat sur le champ de bataille, un pirate à l'abordage, un chevalier sur le pont-levis ou traversant des douves à la nage. Il voyage, danse autour de sa sœur consternée qui se décompose aux yeux de qui veut bien l'observer...

Le crâne est poli, lavé de ses chairs, nourrissant la terre et les asticots, participant à l'humus qui nourrit les salades, tomates et les fleurs de Papi.

Marilyne s'évanouit, entendant au loin les cris d'orfraie d'Achille, qui change sans cesse de siècle imaginaire.

Elle entend dans un songe la triste histoire du mulot qui ne voulait manger que des framboises...

Un petit mulot qui n'avait rien dans le crâne d'après sa maman, ne voulait manger que des framboises.
Il refusait calmement toutes les autres nourritures : pas question pour lui de se nourrir, de glands, châtaignes, noisettes et autres rapines !
Sa maman l'avait averti du danger d'un tel désir et de ce qu'elle considérait comme une obstination : les framboises de papi étant alignées auprès des fraises sur des travées à découvert, petit mulot risquait, à chaque fois qu'il déjeunait et dînait, de se faire attraper par les serres d'une buse, d'un épervier ou par les griffes d'un chat, prédateurs qui, les uns comme les autres, pullulaient dans le jardin.
Petit mulot, à force de ne rien écouter des avertissements et de la sagesse des siens, finit entre les serres d'un épervier, qui en fit son repas.
Ce dernier rendit ensuite la carcasse aux habitants du potager qui s'occupèrent de bien la nettoyer.
Sa maman fut très triste et pu constater qu'elle avait tort ! Son fils avait bien quelque chose dans le crâne ! ! Mais qu'à force de lui dire qu'il n'avait rien dedans, il avait fini en crâne lisse et vide...à moitié enseveli dans la terreau brun du potager.

Cette histoire, bien que cruelle, permet à Marilyne de reprendre ses esprits et la laisse songeuse.

Achille est penché au-dessus d'elle, vaguement inquiet, ses grands yeux d'enfant dans les siens la rassurent.

Elle demeure pourtant profondément choquée par la vue et l'évocation mentale de ce crâne blanc et lisse, ainsi que bien attristée pour le petit rongeur et sa maman.

Cela lui fend le cœur.

...

Le crâne voit la petite fille s'approcher...

Il la connaît, il la voit tous les jours depuis quelques temps, suivant papi Jean, l'ami du jardin et de son écosystème, celui qui parle le langage de la nature et du temps.

Mais aujourd'hui, c'est différent : elle est là, elle s'approche, elle le voit, et oh ! malheur !! Elle est surprise, réalise, semble abasourdie...

Le crâne :

Ah ! Mon Dieu ! Elle a besoin d'aide ! Je crois bien qu'elle va tomber à la renverse !

C'est fait : Elle est là, elle gît au sol.

Le petit garçon est là, lui m'a vu aussi. Pourtant il ne s'affole pas...bien au contraire, ça lui donne des tas d'idées apparemment !

Il se bat contre des ennemis invisibles, il pourfend l'air de son bâton, il fait des prisonniers, il hurle, il vocifère, tout autour de lui trépasse, ma mort évoquée devant lui ne lui fait pas le même effet que la jeune enfant, sa sœur, d'après ce que je vois...

Elle gît et moi je me morfonds dans la terre, avec pour seule compagnie les lombrics, que j'abrite de la pluie...

Viens, comment t'appelles-tu ?

Marilyne, quel joli prénom...j'entends ton petit frère t'appeler, il s'est enfin rendu compte que tu étais allongée sans raison par ce frais matin d'été.

Viens Marilyne, parle-moi, raconte-moi : Tes frayeurs, tes cauchemars, tes effrois, mais aussi tes joies et espoirs les plus secrets.

Raconte-moi, deviens ma seule et unique amie : celle qui voit au-delà de mes chairs absentes, celle qui voit au-delà de mon absence d'incarnation. Parle-moi, moi qui n'ai plus peur du noir, qui ai plongé sous la surface lisse du miroir.
Parle-moi, car dorénavant je vois, je sais, j'entends, je vis profondément et silencieusement.

Même si tous l'ignorent, je continue de sentir et d'espérer à ma manière. Je souhaiterais que mes os se décomposent afin d'être UN avec ce jardin, et surtout, je ne voudrais plus effrayer les vivants... Je voudrais aussi réparer la tristesse que j'ai causé à ma maman de mon vivant.

Aide-moi Marilyne...

N'aie pas peur, recueille-moi et ensemble faisons le bout de chemin que nous devons faire pour grandir encore et encore ! Ce que mon âme de mulot a saisi de l'existence, je te le donne, comme un cadeau spirituel que tu dois conserver précieusement en toi, pour toi.

Ta sagesse et ta constance, je les observe et j'en prends acte, toi qui ne brûle pas ta vie par orgueil et envie.

J'admire, j'aime te voir écouter les recommandations de ton papi pour traverser la route entre le jardin et la maison, sans lui. Je te vois tenir la main de ton petit frère, fermement dans la tienne, avec toute l'autorité d'une grande sœur.

Je te sens manger courageusement les légumes que mamie prépare même si tu préfères les escalopes de dinde poivrées bien dorées et les coquillettes au beurre salé.

Je sais que tu espères toujours que mamie Francine sortira la boite métallique de gâteaux que tu aimes tant, alors qu'elle ne le fait que trop peu souvent à ton goût.

Mais tu te relèves, ton petit frère à tes côtés, vaguement inquiet encore – mais que s'est-il passé ? – et bien que troublée encore - je le vois - tu poses tes yeux sur moi, ulcérée mais curieuse tout de même.

Il y a donc de l'espoir pour moi. Tu me vois, tu sais que je suis là !

...

Achille :

Marilyne est là.

Nous sommes chez papi et mamie Bretagne.

Ma sœur, c'est mon NORD, mon repère ultime.
Tant qu'elle est là, je sais QUI je suis et OÙ je vais.

Quand elle est à mes côtés, je me sens bien et en sécurité.

L'autre jour, nous avons suivi papi dans le jardin de l'autre côté de la route, comme tous les jours, mais voilà que Marilyne, je ne sais pas - je jouais - je me suis retourné : elle était allongée par terre, évanouie.

Je ne sais pas depuis combien de temps elle était comme ça. Moi, j'ai vu un crâne près de la croix bretonne du jardin de papi et ça y est, j'ai pris le large, je me suis imaginé corsaire à l'abordage d'un navire de commerçants de soieries d'Inde ou dans des oubliettes au sel de mer où l'on doit dégager les crânes polis par la mer pour avancer...

Je me suis accroupi auprès d'elle, cherchant son regard, car Marilyne ! Sans toi à mes côtés, je suis un flibustier sans allant et surtout mort de trouille !

Tu t'es relevée, songeuse et comme ébranlée, tu ne m'as rien dit, tu as juste regardé ce crâne, que nous avons croisé dans deux histoires différentes...

Visiblement pour toi, ce crâne ne gisait pas à même le sol dans une geôle qui sent le sel, c'était plus que ça.

...

Marilyne :

Oh la tête qu'il fait Achille !
J'ai trouvé son talon à ce que je vois... ! ;)

Il a l'air flippé de voir sa forteresse prendre l'eau :
Sa Conchée [(1)], c'est moi !

Je le sais, une grande sœur, c'est ça...Et parfois, bien sûr, c'est lourd et difficile. Comme Jésus sur sa croix, sculpté à même le granit austère du calvaire dans le jardin de papi...

Je ramasse le petit crâne, mes doigts légèrement tremblants, et je m'en vais avec Achille sur mes talons, le rincer à l'eau claire dans la buanderie.

Ensuite, je monte notre petite relique à l'étage, dans notre chambre commune, à Achille et moi, qui sent bon le linge frais et les énormes édredons en plume, et je commence à décorer le riquiqui caisson d'os.

Je dessine des fleurs, des motifs géométriques avec des couleurs vives et passe une couche de vernis colle dessus :
Le résultat est absolument MA-GNI-FIQUE !

(1) le Fort de la Conchée à Saint-Malo est un ouvrage de défense côtière dont les plans ont été dessinés par Vauban au 17ème siècle.

Comme les cailloux de la rivière qu'on décore, j'ai orné le crâne. Il me fait moins peur comme cela... et aussi, moins mal au cœur.

C'est d'avoir vu cet os dans ce décor si floral et bucolique du jardin... qui m'a donné des envies de le sortir de la glaise et de la compagnie des vers de terre ! Il a meilleure allure comme ça !

Un crâne à l'abandon ce n'est jamais bon... Il suffit déjà de mourir une fois. Calancher une seconde fois en étant oublié de tous... c'est trop dur ! Je ne veux tout simplement pas l'imaginer.

...

Le crâne :

Elle me garde, elle me serre, elle me rassure et se rassure en me peignant.

Je suis comme orné de diamants : Je brille et resplendis de couleurs.

Je suis heureux comme ça, maintenant.

Je suis avec elle, j'ai un sens pour elle.
J'ai, par ricochet, retrouvé du sens pour moi, de nouveau.

Ma vie rebondit dans une direction que je n'aurais jamais osé imaginer... Quelque part, je me dis que j'ai eu raison de vouloir repousser les limites de mon incarnation ! Marilyne

est comme une framboise que je ne peux pas goûter.
Elle m'attire et m'intrigue... Sans doute cela est réciproque sinon, pourquoi trônerais-je sur sa table de chevet ?

Je peux désormais, dans ses rêves et dans les miens, lui distiller les mille secrets qui sont les miens.

...

Achille :

Tiens elle l'a mis là maintenant ?

C'est marrant ce qu'elle a peint dessus, sur le crâne du jardin... Elle est étrange ma sœur parfois, mais elles sont jolies les couleurs.

Du coup, faut que je me trouve un autre os pour mes geôles salées, moi !

Ou bien une grande pierre blanche et du charbon pour dessiner les orbites et la mâchoire feront l'affaire...
Pourvu que mamie ne me voie pas prendre du charbon sinon je vais me faire gronder !

Il me faut trouver un stratagème pour me glisser dans le garage sans éveiller de soupçons. Puis filer en douce dans le potager construire une cabane à proximité des geôles marines. Et si je dessinais une tête de mort sur le calvaire en pierre au fond du jardin ?

Ce serait comme une île…On monterait dessus pour faire des signes aux bateaux. Comme si on avait fait naufrage et que certains d'entre nous étaient morts…

Faut que je propose à Marilyne de m'accompagner sur l'île du naufrage avec des craies de couleur. Peut-être qu'elle voudra dessiner des fleurs de couleur sur la croix de Jésus ?

…

Marilyne :

Ah ! Ce petit frère ! Toujours sur mon dos !

Voilà qu'il s'est mis en tête de construire un bateau corsaire imaginaire près de la croix bretonne de papi ! Et de piller les navires marchands venant d'Inde !

Il est allé subtiliser du charbon – c'est mamie qui va être contente si elle s'en aperçoit – et dessine une tête de mort sur le calvaire en pierre.

Je saute sur mes craies de couleur – où sont-elles passées !!! – je les retrouve l'une après l'autre dans notre chambre, disséminées : une sous la courtepointe piquée en coton parme de mon lit, une autre dans le vieux secrétaire de mamie qui nous sert de bureau (ou de débarras comme dit mamie Francine !), encore une derrière la porte près de l'armoire en noyer et enfin une dernière dans une chaussure célibataire qui a perdu sa moitié et qui gît près de l'entrée.

Mamie a raison : je l'avoue...
Cette chambre est un grand fatras !!

Mais c'est comme ça que nous l'aimons Achille et moi...
et comme ça que nous nous y retrouvons aussi.

La preuve, j'ai mis la main sur mes craies de couleur, et sur toutes !

Vite, rejoindre Achille, pour mettre un peu de baume au cœur aux prisonniers qu'Achille est entrain de faire en masse, je suis sûre. Je vais dessiner des fleurs sur le calvaire, près de la tête de mort du drapeau pirate et qui sait, peut-être pourrais-je ... également... dessiner sur les cargaisons de tissus venus d'Inde du butin d'Achille... ?

Voilà une perspective bien réjouissante.
Alors à nos craies, à nos crayons, à nos sabres et morceaux de charbon, et bon vent créatif à tous !

Marilyne

Post scriptum :
A l'intérieur du crâne, à la place laissée par le terreau brun et les lombrics, Marilyne a écrit sur un petit papier doré plié en quatre :

Crâne poli
Lanterne magique
Sois un passage
Mon message
Vers la noire amie
Eternel hic à la vie
Ombrageuse faucheuse
A la robe nuit si chic !

Carte inspiration à colorier
« DIA DE MUERTOS AU POTAGER »

Qu'est ce que la mort si ce n'est une transformation ?
Une fois la douleur de la perte, le manque et
la tristesse traversés, elle peut exister transfigurée
et apaisée à nos côtés, par le jeu et la joie.

QU'EN PENSES-TU ?

_____

_____

_____

_____

_____

_____

_____

_____

_____

_____

_____

LE VENT DANS LES RUINES

Vermeille, or,
Soleil, sort,
Sommeil, corps,
Cœur EVEIL

Il est un lieu secret
Au ceux de la clairière,
Paradis qu'un rutilant soleil
Eclaire à son lever,
Tout embaumé de parfum
De mille fleurs printanières.
C'est là qu'avec ses compagnons,
Se fixa Saint Guénolé

Gurdisten, Abbé de Landévénnec,
Vie de Saint Guénolé

Par une belle matinée de février, Philomène, 12 ans, surnommée **Philo** de façon affectueuse par son entourage, se promène avec son père, Erwann, et sa mère, Gwen, à Landévennec, un charmant petit village du Finistère.

Ils sont accompagnés de leur chien Todd, un gentil labrador couleur sable.
Gwen ne cesse de répéter : quelle crème, ce chien !
Du coup, la maisonnée a coutume de dire que Todd est un gentil labrador crème.

La petite famille passe les vacances d'hiver en Bretagne, chaperonnée par de cruelles bourrasques de vent froid qui les font frissonner et rentrer leurs visages dans leurs snoods bien chauds.

Gwen est irrésistiblement attirée par l'histoire de toutes les vieilles pierres et manifeste un intérêt particulier pour les **ruines**.
Ce qui n'est malheureusement pas le cas de ses proches... qui subissent bon gré mal gré cette passion envahissante.
Elle s'extasie à chaque nouvelle découverte ce qui ne manque jamais de faire lever les yeux de Philo au ciel en soupirant... et d'amuser son père Erwann, complice de l'agacement de sa fille unique adorée.

En cette fin de matinée hivernale, Gwen aperçoit au loin une merveilleuse trouvaille : les ruines d'une ancienne **abbaye** !
Elle presse le pas très excitée et harangue sa tribu pour qu'elle la rejoigne au plus vite.
Mais Philo s'en fiche royalement... Elle caresse négligemment la tête de Todd. Une crème, ce chien...

Pourtant, le **vent** titille ses oreilles évaporées. On dirait qu'il lui murmure quelque chose :

**De vieilles pierres,
Pas si vieilles,
Renferment des trésors,
Pour soi-même.
Vermeille, or,
Soleil, sort,
Sommeil, corps,
Coeur EVEIL.**

Mais, qu'est ce que c'est que ce charabia ? s'interroge Philomène en continuant de caresser son compagnon à quatre pattes. Tu parles d'un rébus ! se dit l'adolescente surprise, même pour moi, qu'on surnomme Philo, c'est trop inspiré, songe-t-elle distraitement.

Sa mère entreprend la lecture, à haute voix, d'un guide touristique du Finistère :

- L'abbaye est réputée avoir été fondée au 5ème siècle, par le légendaire **Saint Guénolé** [1]. L'historien Arthur de la Borderie l'a qualifiée de « coeur de Bretagne ».

- Mince ! Ça me fait une belle jambe ! pense Philo en se demandant ce que peut bien vouloir dire une telle expression. Comme si elle en mesurait, soudainement, la bizarrerie.

- En quoi cette information peut bien être utile à quiconque ? murmure-t-elle encore, un brin ennuyée, à son chien complice. L'étude de l'histoire avant elle, sa préhistoire, lui

(1) Personnage religieux légendaire qui aurait vécu à la fin du Vème siècle en Bretagne.
(2) Le kouign-amann, est une spécialité culinaire en Bretagne. Il s'agit d'une pâtisserie-boulangère : en breton, kouign signifiant « pain-doux » et amann, « beurre ».

semble totalement dénuée de charme et de pertinence. Genre : circulez, y'a rien à voir...

- Tiens c'est marrant, poursuit la maman curieuse, l'historien de la Borderie, il était marié à une Marie-Philomène, tu entends ça, Philo ?

- Hum, hum, marmotte la jeune ado qui s'intéresse surtout au sable jaune de la petite plage toute proche et à son dévoué Todd qui lui lèche la main.
Il doit encore sentir le beurre chaud du **kouign-amann** [2] que je viens de manger...songe-t-elle innocemment en pensant qu'elle ne regrette pas le moins du monde de ne pas l'avoir partagé !

La maman exaltée poursuit sa quête historique avec ardeur. Elle arpente les ruines en s'extasiant et en plongeant le nez de son snood vers son guide successivement, dans un mouvement de va-et-vient survolté :

- Oh ! Comme c'est fascinant ! Les moines suivaient la règle des scots [3] ! Oh ! **Gradlon**, roi légendaire de **Cornouaille** et de la ville d'**Ys** [4], dont Saint Guénolé aurait été le confesseur, est réputé être inhumé dans cette abbaye !

- Mouais...dit Philo à Todd. Comme c'est fascinant ! ironise-t-elle en lui tripotant les oreilles. Ça te fait de belles oreilles ? le taquine-t-elle en se demandant si cette expression existe ou bien si elle vient de l'inventer. N'est ce pas ma crè-crème ?

- Tout cela me donne surtout la goutte au nez... raille-t-elle

(3) Désignation d'un peuple celtique originaire de l'Irlande
(4) Ys est une ville légendaire qui aurait été engloutie par l'océan au large de la baie de Douarnenez. C'est l'un des récits bretons les plus populaires et les plus connus en France.

encore en croisant son père frigorifié dans le dédale des ruines...Todd jappe visiblement à l'affût : kouign-amann en vue ? Un lièvre de Cornouaille qui détale ? Le fantôme de Gradlon en personne ?

C'est alors que le vent souffle de nouveau à ses oreilles, comme une réponse :

**De vieilles pierres,
Pas si vieilles,
Renferment des trésors,
Pour soi-même.
Vermeille, or,
Soleil, sort,
Sommeil, corps,
Coeur EVEIL.**

- Oups !! Flagrant délit de mauvaises pensées ! se raconte Philomène pour se rassurer un peu. J'ai l'impression que les moines n'apprécient guère mon absence de considération... Et que signifie cette **ritournelle** portée par le souffle glacial ? C'est quoi le délire ?

Elle entend la voix maternelle, en toile de fond sonore à ses réflexions, un peu flippée tout de même.

- L'abbaye de Landévennec fut pillée et brûlée par les **vikings**. Les moines survivants emportèrent les reliques de leur fondateur et leurs manuscrits...

Brrrrrrrrrrr. Philo frissonne. Les vikings lui donnent la chair de poule. Elle sort machinalement ses écouteurs pour se

mettre un peu de musique mais se résigne finalement.
Le mélange de la chanson du vent et de la voix **cristalline** rassurante de sa mère l'emmène ailleurs...C'est comme un **grelot** tintant dans l'éther...

- Le **scriptorium** de l'abbaye romane était très réputé et puisait son inspiration dans la tradition celtique. Les **chapiteaux** du cloître étaient ornés de motifs traditionnels en Bretagne à l'époque : **entrelacs**[1], fougères, feuilles de lierre...

Soupirs de l'adolescente qui rêve de chaudes et lointaines contrées tout en ayant la température interne d'une crème glacée.

Le souffle du vent froid parvient en écho aux oreilles de Philo :

De vieilles pierres,
Pas si vieilles,
Renferment des trésors,
Pour soi-même.
Vermeille, or,
Soleil, sort,
Sommeil, corps,
Coeur EVEIL.

Elle baisse la tête un peu abasourdie...

Puis vient doucement l'inspiration...Infusion et diffusion du rythme des rimes poétiques du vent...et tilt ! La lumière se fait dans l'**âme** de Philo qui relève enfin la tête éblouie.

(1) La maîtrise du motif des entrelacs, cordes enchevêtrées, comme dans le livre de Kells fit la réputation du monastère d'Iona et de celui du scriptorium de Landévennec

- Mais oui, bien sûr ! s'éclaire l'esprit de notre jeune amie. Les vieilles pierres renferment des trésors : La tombe d'un roi légendaire, les entrelacs celtiques sur les chapiteaux, un saint, une reine des **fées**...

Rouge - or sont les couleurs du sang et du soleil, symbolisant la vie, **soleil - sort** renvoie à la magie des fées, **sommeil - corps** à la mort et **coeur éveil** au printemps et au renouveau ! C'est le message de Pâques avant l'heure : Youpi mon chéri !! dit Philo en s'amusant à sauter autour du toutou-à-la-crème-à-sa-maman pour le réveiller un peu. L'hiver prendra fin pour céder sa place aux petites pousses vertes et aux oeufs en chocolat !! Hein Toddinet, il aime ça le chocolat !! CHO-CO-LAT !

- Pas de doute, l'esprit de Gradlon réside encore dans ces ruines, on entend même la complainte de la ville d'Ys... raconte mère Gwen concentrée. Comme du beurre. Salé.

- ...Et aussi les gaufres au Nutella, les galettes complètes, la crème fouettée, il aime ça le Toddinet, poursuit Philo en faisant la danse du ventre devant son chien intéressé.

- Wouarf, commente Todd qui commence à avoir un petit creux à force de se balader. De plus, les gesticulations de sa jeune maîtresse et le froid mordant lui ont ouvert l'appétit.

Un **choeur** étrange entame alors un chant triste aux oreilles dressées de Philo et de Todd, qui calme l'impatience des deux compères :

> (...) Qu'y a-t-il de nouveau dans la ville d'Ys,
> Puisque la jeunesse est aussi folle.

Puisque j'entends ainsi les binious,
Les bombardes et les harpes.
Il n'y a rien de nouveau dans la ville d'Ys,
Seulement les ébats de tous les jours,
Dans la ville d'Ys il n'y a que des vieilles choses,
Et des ébats de toutes les nuits.
Des bosquets de ronces ont poussé,
Dans les portes des églises fermées,
Et sur les pauvres pleurant,
On excite les chiens à les mordre.
Ahès la fille du roi Gradlon
Le feu de l'enfer en son coeur,
A la tête de la débauche,
Mène à sa suite la ville à sa perte.
Saint Guénolé avec peine de coeur,

Est venu trouver son père bien souvent,
Et avec pitié, l'homme de Dieu,
A dit au Roi :
« Gradlon, Gradlon, prêtez attention,
Aux désordres que mène Ahès,
Car le temps sera passé,
Quand Dieu jettera sa colère. »
Et le Roi sage, courroucé,
Sa fille a conseillé,
Mais affaibli par la vieillesse,
N'a plus la force de la combattre.
Fatiguée des reproches de son père,
Et pour fuir son regard,
A construit avec l'aide des mauvais esprits,
Un beau palais près des écluses.
Là, avec ses amoureux,

Il y a le soir des aubades,
Là, dans l'or et les perles,
Comme le soleil, Ahès rayonne.

La reine Gwen, toujours absorbée par la lecture de son guide touristique et peu sensible au processus de congélation à l'oeuvre, raconte à qui veut bien l'écouter :

- Gradlon dans sa jeunesse païenne est tombé profondément amoureux d'une fée, la **reine du Nord**, qu'il aurait offensé en se convertissant à la foi chrétienne.
La fée, pour se venger, aurait pris possession de l'esprit de leur fille unique, **Ahès**. Depuis cette dernière est un symbole de la difficulté de la transition entre la « religion druidique » et le christianisme...

- De toute évidence, se dit Philo en pleine possession de facultés de déduction éblouissantes, à la Sherlock Holmes, il y a de tout dans ses vieilles pierres que je trouvais, au premier abord, si inintéressantes...

Gwen observe affectueusement sa fille :

- Tu disais ma chérie ?
- Rien Maman, je t'écoutais... avec intérêt. Mais où est passé Daddy Cool ?

Erwann est resté bloqué devant la statue de Saint Guénolé. Todd jappe devant le tombeau de Gradlon. *Oh malheur, il est entrain de creuser un grand trou avec beaucoup d'entrain !!* L'ado se précipite pour éviter le pire mais Todd s'est déjà saisi fièrement d'un os entouré de terre.

Philo se sent défaillir : Pourvu que ce ne soit pas une relique d'un roi ou d'un saint! Sinon on va se faire appeler **Arthur**, et par le ROI en personne !!

La jeune fille essaye de se saisir discrètement de la merveilleuse trouvaille de son chien mais ce dernier résiste et gronde : *Mon Dieu, il croit qu'on va jouer à ramener le nonos !!! Double malheur !!*

Soudain, à l'instant même où Philomène se saisit enfin entièrement de l'os déterré, elle ressent un étourdissement fulgurant et a un moment d'absence.
Elle est comme happée par une vision d'un autre temps, dans un espace aux contours flous et irréels.
Elle n'entend presque plus sa mère leur faire la lecture.
Les sons sont presque inaudibles, très ténus, comme lorsqu'elle est immergée dans l'eau de mer, l'été.

Une fois sa sensation de vertige et de désorientation apaisée, elle tourne sur elle-même et s'aperçoit qu'elle se trouve au milieu des ruines, qui n'en sont plus ! Ses pieds, il y a encore un instant, foulaient l'herbe faufilée entre les pierres, alors que la dalle désormais semble parfaitement récente.
De plus la température aussi a changé : cette dernière est douce et printanière.
Elle est un brin paniquée. Mais la curiosité l'emporte sur le reste. Elle s'avance vers le choeur de l'abbaye, vers la mer qu'elle aperçoit à travers comme si tout cela n'était qu'une reconstitution en trois dimensions.

Des moines officient. Elle déambule comme invisible à leurs yeux. Elle ne perturbe nullement la scène et peut se contenter d'en être une observatrice dissimulée.

Elle continue de percevoir les sons étouffés de sa réalité, les jappements de Todd, la **litanie** de paroles de sa mère, les interrogations de son père devant Saint Guénolé.

Tout ceci se déroule en simultané. Elle ne ressent aucune urgence ni appréhension particulière à émerger de cette plongée **mystérieuse**.

Elle se déplace pour scruter les gestes et les visages recueillis des religieux ascètes, se glisse jusque dans le **scriptorium**. Elle sent alors son âme chavirer devant tant de beauté.
Une telle sérénité embrasse les lieux et les corps, l'air et la matière : c'est superbe !

Un moine cependant, dans un recoin à gauche de la salle voûtée, semble tourmenté. Elle s'en approche prudemment.
Il tient dans sa main une lettre.
Philomène tente de la lire en diagonale, essayant d'apprivoiser tant bien que mal les cursives des grandes lettres penchées, mais le sens de la missive lui résiste. Elle décrypte néanmoins la signature : Gradlon ! Le roi mort !

Médusée, elle s'approche d'un pupitre pour essayer de comprendre la raison de sa présence dans ce lieu et découvre une **enluminure** sublime : Une tête couronnée magnifique tentant de libérer une jeune femme des flots qui l'emportent, accompagnée par la supplique d'un homme de Dieu à ses côtés. Rien à voir avec les peintures italiennes ou vénitiennes de la renaissance ! Les couleurs sont vives mais le dessin est naïf, peu réaliste et surtout : l'ensemble a l'air… presque vivant ! Il lui semble voir bouger les traits des contours des personnages au milieu de la page !

Quand elle relève la tête, elle croise le regard douloureux du moine dans le recoin et le reconnaît instantanément. C'est la statue de pierre de l'abbaye, LE Saint Guénolé, en personne ! Et puis plus rien. L'herbe fait de nouveau son apparition entre les dalles descellées par le temps et les bourrasques. Elle est de retour parmi les siens.

Jappements, voix de Maman, voix de Papa. Elle est là. Tout est là. Ici et maintenant.

Tous se retrouvent au centre des ruines. Philo ne pipe pas un mot de ce qui vient de se passer à ses parents. Un vent encore plus frisquet leur fait rentrer la tête dans les épaules. Engloutis dans les caches cou tout doux.

Erwann embrasse sa fille unique et passe son bras autour de la taille de sa femme.

- Alors…Que raconte le **coeur** de la Bretagne ? lance-t-il à sa fille pour la taquiner, en faisant référence à la passion de sa mère Gwen pour les vieilles choses, qui a le don d'agacer l'adolescente parfois.
- Et bien pour une fois, Papa, leur confie Philo, le choeur de Bretagne souffle à mes oreilles ses **légendes** des temps anciens, sous nos pieds.

Gwen enfouit son nez dans le cou de sa fille pour respirer le parfum tendre de l'enfance qui sommeille.

Nouveau courant d'air réfrigérant ...

De vieilles pierres,
Pas si vieilles,
Renferment des trésors,
Pour soi-même.
Vermeille, or,
Soleil, sort,
Sommeil, corps,
Coeur EVEIL.

- Comme c'est cruel de perdre sa fille unique... dit Erwann à sa femme en se penchant sur l'écriteau près de la tombe du roi de Cornouaille, dont la fille unique Ahès a été engloutie par les flots avec la ville d'Ys.

- Et moi, je commence à me demander si c'est un hasard que nous soyons là, et que le vent souffle comme cela à mes oreilles...réfléchit Philo.

Todd attrape énergiquement l'ado connectée par la manche, comme dans les films, pour amener sa jeune maîtresse devant la statue du fondateur du lieu saint, qui s'élève tel un **vestige** étrange au milieu des ruines du passé.
- Tu as changé de crèmerie, toi ? Ne va pas me le déterrer celui-là !! rétorque Philomène au labrador en le gratifiant d'une caresse au passage. Il se met à frétiller de la queue.

Le vent souffle de nouveau sur le **divorce** du monde ancien et nouveau. Un souffle froid, dur. Comme la pierre de l'abbaye.

- Je suis la fille unique de mes parents et je me trouve dans une abbaye où souffle le vent de la **réconciliation**, chantonne Philo au vent,

Eole lui répond :

> **De vieilles pierres,**
> **Pas si vieilles,**
> **Renferment des trésors,**
> **Pour soi-même.**
> **Vermeille, or,**
> **Soleil, sort,**
> **Sommeil, corps,**
> **Coeur EVEIL !**

Quelles sont donc les clefs de l'énigme ? philosophe Philo, toujours en mode Sherlock' : ancien, renouveau, trésor, foi, **sortilège**, mort et réveil. L'heure du réveil pour la fille unique ? L'heure de la réconciliation des sorts et de la foi ? évoque-t-elle interrogative au vent puissant qui l'entoure.

Le visage de ce moine torturé dans le scriptorium, par une tragédie qui semble le hanter, lui revient en mémoire. Comme un boomerang. Puis le dessin quasi vivant : un père tentant de sauver sa fille des eaux, sur un cheval lancé au galop, un religieux qui l'exhorte d'abandonner son enfant, un père déchiré, un moine tourmenté, une fille **sacrifiée**...

Et, en un éclair, elle comprend. Sa mère, son père, le lieu, le lien : **ELLE !**

Son père chrétien, enfant de Dieu, sa mère, **païenne**, fille de la nature. Le lieu qualifié de « coeur de Bretagne » et

tombeau supposé du roi d'Ys et elle : le lien entre les deux !
50% chrétienne, 50% païenne, les deux mélangés en un seul
être ! Un lien *essence – ciel !* Sans punition ! Comment ne pas
y avoir songé plus tôt ?

Le vent susurre :

Un jour,
Un homme de la lignée des descendants du roi mythique de
Cornouaille,
Une femme descendante des rescapés d'Ys,
S'aimeront.
De leur union naîtra une fille,
Unique.
Quand elle foulera la terre,
Sacrée,
Où s'établit jadis Saint Guénolé,
Un vent froid se lèvera,
Vent des sorcières, autour des ruines tournera,
La colère de la fée trahie apaisera,
Et Ys, au coeur du monde renaîtra.

- Wouah ! Rien que ça ! S'époumone Philo.

Elle a l'impression d'être dans une pièce de **théâtre**.
Le metteur en scène, Saint Guénolé les regarde, attentif avec
toujours ce brin de **culpabilité** dans son regard de pierre.
Sa mère rayonne dans le rôle d'une reine des fées.
Son père resplendit avec sa couronne imaginaire sur la tête.
Qu'ils sont beaux ! Philo n'a aucune peine à les imaginer ainsi
et aperçoit, comme en ombre chinoise, les fantômes du passé,
danser à leurs côtés. Dans ce **songe** théâtral, une main

invisible lui effleure les cheveux.

Une perle d'eau glacée ruisselle le long de son cou.

Surprise, Philomène sursaute et aperçoit avec stupeur un brin d'algue sur ses épaules ! Et si tout ceci n'était ni une illusion ni un rêve ? Et si tout ceci était réellement entrain de s'accomplir, dans le silence invisible des pierres et de l'air ?

L'impensable se manifeste alors.

Philomène, au coeur des ruines, sent une chaleur dans sa poitrine. Une boule pleine d'énergie tourbillonnante et délicieusement alternativement froide et chaude, grandit dans son coeur : *Mais comment est-ce possible ?*

Elle a cette impression étrange d'abriter dans son être comme une curieuse boule de **cristal** pleine de **volutes** d'eau et de délicats flocons de neige qui virevoltent et tombent en dansant sur un roi, une reine et une princesse réunis ! Sains et sauf ! A défaut d'être au sec !!

Incroyable mais vrai ! Elle sent ces trois âmes **tendres** dans son coeur, dans une bulle de bonheur qui fait chavirer les pans des murs d'une cité en ruines.

Cette ville abîmée palpite comme un cœur à l'intérieur d'elle, étrangère et pourtant totalement intégrée en elle : Comme si elle avait toujours existé à cet endroit, inconnue mais intime, dans l'ombre mais diffusant... La ville engloutie d'Ys, ou du moins le peu qu'il en reste, renaît...

Coeur éveil...

...chantent le vent et le choeur des **anges** au diapason.
A l'UNISSON.

Puis cette impression aussi étrange que saisissante s'évanouit. Reste une *chaleur* et une lumière qui sèche et éclaire tous les doutes de Philomène. Elle est bien l'héritière de cette étrange histoire de ville engloutie par la fureur des flots, **héritière** d'un roi déchiré entre son amour pour sa femme et sa fille et son amour de Dieu.
Elle est bien l'héritière de l'esprit du lierre, des fougères, de la mer, des dunes et du vent...

Au dessus des nuages, le défunt historien Arthur de la Borderie dit à sa femme tout excité :
- Tu vois Marie-Philomène, je te l'avais bien dit que c'était le coeur de la Bretagne, cette abbaye ! Il ne manquait que la venue de cette petite pour que la grande **tragédie** cesse...Je n'aurais pas attendu en vain dans notre paradis **céleste** pour que la magie des fées s'unisse enfin à la beauté des cieux sur la terre !

Marie-Philomène ne répond pas. Elle s'est toujours demandée pourquoi son prénom était aussi long...
C'était fastidieux pour tous de l'appeler, de l'écrire...
Une autre grande tragédie du vivant qui ne demandait qu'à cesser !
Philo c'est tellement mieux : plus court, plus simple, plus vivant !! Moins de carcan !
Elle se dit qu'il était plus que temps qu'on puisse s'appeler librement et courtement sans avoir à craindre les foudres du ciel... Comme si adjoindre Marie à tous les prénoms féminins allait faire disparaître les fées et les esprits de la nature !

Au fond, il fut un temps où magie et divin co-existaient sans dommages...et pour le bien de tous ! Mais il avait fallu que les uns et les autres se fâchent...[1]

Todd baille. Cette histoire l'a fatigué. Il mangerait bien une galette bretonne au beurre salé installé confortablement au coin du feu, de préférence sur les pieds de sa maîtresse. Tous ces fantômes, ces **tourbillons** d'air glaçant et les fées qui lui soufflent dans les oreilles...ce n'est guère sa tasse de thé. Glacé !

Post-scriptum :
Dans les ruines du passé, la statue de Saint Guénolé sourit d'un air énigmatique...

C'est dans l'union du royaume des esprits farceurs,
Et de celui de Dieu,
Que réside le coeur,
Des habitants de ce lieu.
Renouveau d'Ys, sacré et joyeux !
Le vent, les anges,
La mer, les cieux.
Magie toute blanche,
D'un harmonieux jeu.

(1) Dans la mentalité médiévale, le divin et le magique ne s'excluent pas.

Carte inspiration à colorier
« LE VENT DANS LES RUINES »

Dans les ruines de mon passé,
je découvre les fondations éternelles de mon avenir.

Une cité merveilleuse engloutie sommeille
à l'intérieur de chacun d'entre nous.

Il est temps de t'éveiller à ta nature profonde !

QU'EN PENSES-TU ?

_____

_____

_____

_____

_____

_____

_____

_____

_____

_____

_____

METS TON GRAIN DE SEL...

RECETTE FACILE POUR DE DÉLICIEUSES
GALETTES BRETONNES AU BEURRE SALÉ (pour 10 personnes)

Tes ingrédients :

- . 200 g de farine
- . 110 g de sucre blanc ou complet
- . 125 g de beurre demi-sel ou aux cristaux de sel de mer
- . 1 sachet de sucre vanillé
- . Ta pincée de sel
- . 1/2 cuillère à café de bicarbonate de sodium alimentaire
- . 1 œuf + 1 jaune d'œuf

Ta recette :

. Fais préchauffer le four à 225 °C ou thermostat 8.

. Découpe le beurre en petits morceaux et laisse-le ramollir à température ambiante au moins 30 minutes

. Dans un saladier ou le bol du robot de cuisine, mélange la farine avec le sucre en poudre et le sucre vanillé, puis ajoute ton grain de sel et le bicarbonate.

. Ajoute les morceaux de beurre mou et mélange jusqu'à obtenir une consistance sablée. Enfin, incorpore l'œuf, puis pétris le tout, à la main ou au robot, jusqu'à former une boule avec la pâte. Cette dernière doit avoir un aspect très élastique et compact.

. Dépose la boule dans un saladier propre et laisse-la reposer durant 1 heure environ au réfrigérateur sans la recouvrir.

. Étale ensuite la boule de pâte sur un plan de travail, que tu auras préalablement fariné, à l'aide d'un rouleau à pâtisserie.
Lorsque l'épaisseur te paraît idéale, découpe des galettes rondes à l'aide d'un emporte-pièce de petit diamètre.

. Dépose-les, une par une, sur une plaque de cuisson recouverte d'une feuille de papier sulfurisé

. Décore la surface à l'aide d'un couteau, selon tes souhaits, puis dore au pinceau avec le jaune d'œuf que tu auras battu dans 5 cl d'eau ou de lait.

. Enfourne à mi-hauteur pour 10 minutes environ, les galettes doivent avoir un aspect doré, en fin de cuisson. Pour éviter que tes galettes brûlent, regarde régulièrement !

. Sort tes galettes du four et laisse-les tiédir avant de les déguster. Régale-toi bien !

DÉCOUPE TES MARQUE-PAGES !

Le mot de Melissa :

« Mes petits lecteurs, j'espère que vous avez aimé découvrir et vivre ces incroyables aventures au cœur des légendes bretonnes autant que moi à les dessiner, à leur donner vie...

Découvrez mon univers sur ma page facebook : www.facebook.com/MelissaLaurentIllustration
Ainsi que ma boutique ETSY : www.etsy.com/fr/shop/sweetychoup

Remerciements de Soizic :

A mon amoureux, à mes enfants, et à tous ceux qui nous rendent la vie plus belle avec leurs histoires, leurs mots, leur imagination, leurs talents partagés ou bien simplement, leur gentillesse.

Et à Melissa pour ses très belles illustrations qui ont donné de la couleur à mes mots...

Photographie Blanche BURDLOFF

Retrouvez moi sur ma page auteure : www.facebook.com/SoizicGraham/

**Rejoignez-nous vite sur notre page Facebook
« GRAINS DE SEL POUR L'EVEIL »
pour des petits jeux concours !!!**

TABLE

De la même illustratrice également chez BoD

Quel est donc cet étrange pays où les notes de musique
s'amusent à désaccorder les instruments ?

Mais qui a bien pu faire ça ?!

Découvre comment Kimi, Nattô et leurs amis vont
rétablir l'harmonie au pays Famifasoldo.

MES RECETTES